鏡像攝影

鏡像攝影

鏡像攝影

鏡像攝影

祥瑞堂

一池紋

鏡像詩集

鏡像 ○ 著

緣起　結緣

因緣相

我是你的緣份
　是隨緣的奇蹟風光
我是你需要的
　隨緣顯現的
　　圖騰和任何物像
我隨心寫的詩
　有緣看的人
　　什麼樣子的心
　　　得什麼樣子的意相
愛得愛　恨得恨
其它的心
　就得其它的境相

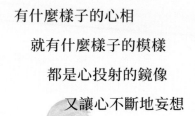

有什麼樣子的心相

　就有什麼樣子的模樣

　都是心投射的鏡像

　　又讓心不斷地妄想

祝願有緣的人如意吉祥

彈一曲古箏

期盼著能與你同生

相通美好心靈

不要讓心疼

我願意將心供奉

最美好的是那份真誠

不要讓時光久等

坍塌了心建的瑰麗寶亭

沒有了那份心情

目 錄

CONTENTS

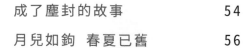

目 錄

CONTENTS

目

錄

CONTENTS

目 錄

CONTENTS

不捨衣袖

時間的河流
將情愛捲進畫軸
寂滅了眉眼的溫柔
消了雨水楊柳

人生多煩憂
少女紙上情懷閒愁
沒有緣由
無病呻吟感嘆春秋

年少自認風流
常喝小酒
卻不識星辰清秀
蹉跎歲月年年如舊

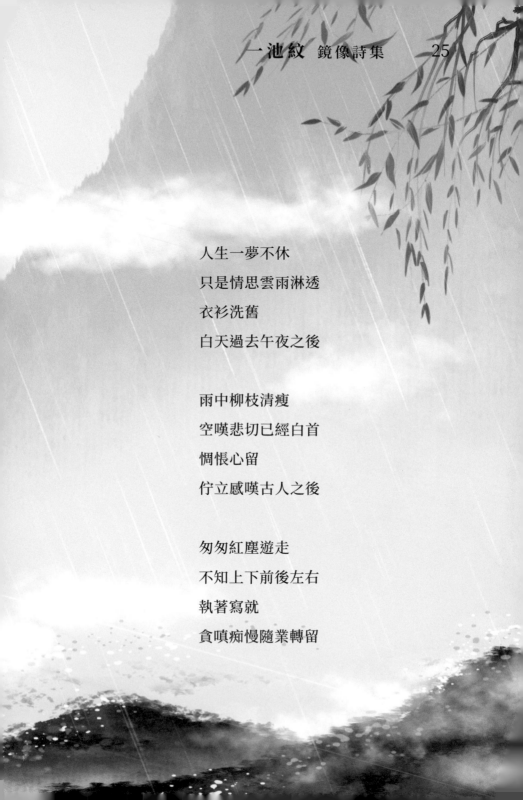

人生一夢不休

只是情思雲雨淋透

衣衫洗舊

白天過去午夜之後

雨中柳枝清瘦

空嘆悲切已經白首

惆悵心留

佇立感嘆古人之後

匆匆紅塵遊走

不知上下前後左右

執著寫就

貪嗔痴慢隨業轉留

業力風雨澆透

妄心妄念好花常有

天意理由

只是虛幻不捨衣袖

嘆息 緣份片段

楊柳依依
心 不要迷戀相依
人生命運流離
隨著風兒去

朝露霑衣
漫步在長河堤
年華像河水流逝
命運只是風雨

迢迢天涯路
記錄著多少嘆息
歲月的痕跡
存留著鯤鵬志

不言的紅顏

浮生一夢間

悲歡常伴

有時難入眠

一會兒春滿園

一會兒蕭瑟秋風現

只有那嬌顏

在景色裡無言

不知何時有人憐

有了牽絆

幻來了流年

山河從此連綿

經常掀開

六道輪迴的門簾

只是眷顧著

那一枝不言的紅顏

脈脈含情無限

常伴我無眠

月下將門輕推

天邊夕陽的光輝

讓人心裡陶醉

這時心想著誰

有了一道甘甜的回味

月下將門輕推

心思像行雲流水

已在你的身旁依偎

感覺真的很美

晝夜輪轉了多少回

始終有你的眼眉

有時會想你我是誰

今世為何相會

情懷的詩題

一聲無奈的嘆息

打碎了靜寂

只是因緣的別離

卻淚濕了花衣

留下一池情思

成了染色的印記

作了情懷的詩題

引來源源不斷的情意

在塵世裡川流不息

相思

入骨的相思

你是否已知

牽腸掛肚的情痴

是飄出去的情絲

是否進入你的心裡

自然的紅豆已熟

卻不是我你

我只有寫下

千行萬行的情詩

記在心裡

飄散在空氣裡

希望你能嗅進生命裡

天邊的雲裡

藏著千萬的雨絲

那是我相思的淚雨

希望微風吹拂你

希望能把你淋濕

成全我的心意

不用再寫相思的詞語

寄放到天邊的雲裡

更希望陽光照進雲裡

變成彩霞映照著你

雨

風吹起的花雨
濃了情感的雨絲
滴滴聲音如是
心靈訴說的心語
曾經的期許
隨著傷感的花雨
有了心的距離
也模糊了雙目
看不清遠離的你

天的心情是雨
我的心情亦如是
只是難以解釋
為什麼有時

它會清淨了大地
有時毀了心河的水堤
有時掛在樹枝
如同掛在睫毛
模糊了情感的雙目

春色悠悠

（一）

一隻纖纖玉手

扶著一枝春花的枝頭

毛毛細雨將衣濕透

依然不再遊走

為何久久地駐留

是什麼凝固了你的雙眸

（二）

今年的景色依舊

又是春花將細雨守候

只是無法看透

你的情執還有多久

是否還要長久地相守

猶如河水悠悠長流

心的花海

煙雨迷離夢來
一片春花開
好像桃源世外

山林籠罩著霧靄
心飄逸了很久
不想雲霧開
攬朦朧醉意一懷
臥在夢想的心臺

情感的心脈
跳動著記載
那是情感的到來
那是心的花海

守候

(一)情 緣

風雨的變奏

送來了紅黃的深秋

還有多少樹葉

不捨地掛在枝頭

平添了憂愁

秋雨濛濛地輕叩

那隻離別的手

寒涼　淡淡的還有溫柔

哽咽地說聲　再見

內心的慰藉已夠

那顆掉落的紅豆

早已經紅透

心願刻在心裡頭

會為約定　守候

深種那顆紅豆

只是來世的相思

時間已讓它消瘦

那淡化的記憶

心兒是否駐守

見面是否還記得回首

(二)情緣的紅豆

美麗的眼眸

將前世的情緣挑逗

牽著你柔軟的手

在花園裡逗留

那朵豔麗的玫瑰

我深深地醉心地嗅

原來　這是緣聚的時候

心中展現了

浪漫夜空的星斗

在家的門口

已經長出了紅豆

那顆情愛的心

一直跟隨守候

風雨

風雨任性地走

任性地周遊

那翻江倒海的手

要好好地應酬

需要計劃籌謀

它依然如舊

折騰不休

將雲雨風流

盡情拋灑不留

只是多喝了一杯酒

季節的風

鏡像裡的春夏秋冬

是輪迴的風景

任何季節的風

都會帶來不一樣的心情

雖然有時風很輕

會讓心有新的畫境

只是風中的風鈴

如果用心去傾聽

就會有不一樣的風情

那是情感的曾經

挾著雨霧的歌謠在哼

何須依歸

人想依偎
那是寂寞需要人陪
怕孤單　尋找知心是誰
實際上卻是
將自己內心的影子追
起了個名字叫誰
喜歡有個巢穴回歸

王者孤獨是聖杯
內心無需人陪
像天上翱翔的雄鷹
驕傲地在天上飛
不會因風雨心碎
也不會迷茫酒醉
心就是天　何須依歸

緣份

[五百年]

把生命的圓滿

焚化一縷青煙

在天際的地平線

與你遙遙相伴

聽你輕輕撫琴弦

聽一曲經咒連綿

讓心滋潤釋然

[一千年]

晨鐘暮鼓響徹山間

迴盪在方寸之間

你紅塵中的臉

已深深映入眼簾

這是因緣的眼

輾轉到來世看到你的臉

［萬年願］

五百年的擦肩

千年的共枕眠

像春江水

養紅了美麗的兩岸

那只是前世的發願

讓佛的加持成全

看開了　放下

成就覺悟的慧眼

千行情詩

千言萬語

不如你眼淚一滴

濛濛的眼睛

飄著細雨

崩塌了心堤

如潮水般地湧動不止

沒有星光的夜裡

聽不到你的喘息

只有細雨的耳語

淋濕了你的花衣

淚水不止

卻似無言的蜜語

甜在心裡

融化了身體四肢

涓涓的淚雨

在你的身軀

寫下了千行的情詩

月兒遙不可及

忽然出現在心裡

在廣闊的心靈田地

你成了主體

皎潔的清光如雨絲

織出了淡雅的錦衣

美麗了花枝

影子

你一直在我的心裡

雖然只是影子

可留住的

任何人　任何事

哪一個又不是影子

留不住四季

留不住運轉的天地

留不住生命的身體

記憶也會淡去

所有的種子

都會留在心裡

只要因緣俱足

隨緣展開生命的四季

隨著業力生出

隨著業力離去

旅遊在輪轉的六道裡

切身經歷

每一輪的生命世紀

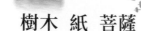

樹木　紙　菩薩

一粒種子

長成了樹木

剛剛熟悉了天地

被人鋸倒

粉碎了身體

最後成了一摞白紙

我怎麼變了樣子

瞬間

心隨境

輪轉了一世

前世的故事

好像是別人的事蹟

有人拿著筆

照著一張畫圖

畫了一顆美麗的樹

朦朦朧朧地

感覺那是我的前世

已經奉獻了一世

我是紙

還是美麗的樹

今生前世

雖然有著連結

好像也沒有關係

只是開心地奉獻了一世

經歷輪迴 等著來世

風雨帶走枯黃的葉子
卻帶來惆悵的思緒
已經的過去
是輪迴的一季
生命的一輩子
有無數輪迴的事
這是必然的經歷
自然的現實

紅塵的世俗
時光匆匆地流逝
糾纏的故事
卻蔓延地繼續
偶爾地回憶
希望沈醉不出

可還是依然地哭泣

再經歷一次輪迴的過去

你我的過去

像飄落的葉子

在天際畫出一段軌跡

隨風飄飄悠悠地

還是落了地

化成了泥土

進入了冬眠不起

等待著久遠後的來世

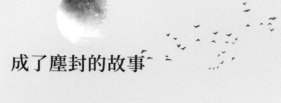

成了塵封的故事

世上難逢知己

尋尋覓覓

不見你的蹤跡

你在世界的哪裡

生命的四季裡

希望譜寫一段美麗

讓它充滿詩意

可是　不隨心意

好像永遠在夢裡

內心的孤寂

難覓交心的相知

像是秋天的風雨

下個不停　淒淒瀝瀝

經歷的事情

無人知曉的秘密

只有埋在心裡

成了塵封的故事

月兒如鉤 春夏已舊

月兒如鉤

凝視看不夠

淡淡的月光

清清幽幽

似美麗的少女

微醉的　深深的情柔

紅磚的小樓

一條小河在樓後

緩緩的水流

不停歇地遠走

只是把身影

留在了我的雙眸

清涼的深秋

蕭瑟的感受

莫名升起一絲離愁

喝一杯消愁的酒

清清的夜色裡

秋風吹拂　春夏已舊

啾啾啾啾

濁酒情愁入口

用酒消愁

離別的感傷不休

只是不忍見

雙眸離傷的淚水流

春夏來年等候

餘香

嗅著諾言的餘香
那是我的希望
在心房的一隅珍藏
只有你我進得了房
到時好好看看
你我會成為什麼模樣

心中有點迷茫
我為什麼非得流浪
就為了那雙眼睛
老是看著想像的遠方
就為了煽動翱翔的翅膀
推倒了圍困的牆
不再需要門窗

讓心靈的思想激盪

從此　就離開了家鄉

從此　就懷念家鄉的芳香

兩眼茫茫

真相　假相
只是分別的名相
人心難測
也是不實的虛妄
為何情讓眼淚
溢滿了紅紅的眼眶

飛雨還是飛霜
只是自然的篇章
眼睛裡的景象
只是讓心

在夢幻裡徘徊徬徨

讓心產生風浪

雖然世界人心多樣

讓人覺受難忘

心還是倔強地

劃分了人生方向

只是為何　兩眼茫茫

看不清真正的方向

一碗禪茶

心建功德塔

妙筆生花

真心慈悲行願

一切心念願行成畫

從黑髮到白髮

只是一剎那

一切過往

皆是隨緣變化

菩提心將眾生擔下

操縱心猿意馬

一念妄想的清淨

只是一碗禪茶

等著花開

留下一段空白

等著鮮花開

恍惚是前世的約定

等著你的到來

你的眼神清澈

不見世俗的塵埃

我的眼瞳裡

只有你的華彩

把整個心房覆蓋

沸騰了熱情的血脈

盼著你把美麗

芬芳的春花帶來

河

一條長長的河

唱的是什麼樣的歌

那樣的清澈

為何隨著風吟哦

不在心裡住客

你是否記得

一雙眼睛含情脈脈

眼神是那樣的獨特

她曾經和你對歌

至今　縈繞在耳

心思依然如此明澈

蕩漾著快樂

卻只是一抹慰藉

一池紋

池塘明月新
眼見一片春
心中許一人
誰知境中塵
萬物是吾身
假相道是真
心思亂紛紛
起了一池紋

煙雨棋局

山間風吹起

雲來作揖

滿是情雨

和山情感對弈

任性來　拂袖去

難解的棋局

一個安居

一個隨性寄語

居家的長相憶

雲遊的飄逸

煙雨局迷

是畫　是雨　是風起

心落俗塵

細雨綿綿紛紛

花雨也紛紛

心落幻境俗塵

心生幻身

住進了臆想的城

生命的餘溫

讓我在紅塵為人

低吟的歌聲

期盼未來的眼神

繡了錦繡一春又一春

只是未聞

已經衰敗的老根

馬上就是煙雲

不老的　只有心中的神

分離的禪語

帶著刺痛離去

受了傷害的心裡

下著傷心的雨

心靈的天空裡

烏雲密佈

遮住了天日

狠心地拋棄

世間多了一份嘆息

雖然是緣份的關係

還是不忍心離去

思念是分離的禪語

多了一份認知

感受著的天地

是生死輪迴的四季

生了美麗

逝後哭泣

等待著來世

繼續感受

生來滅去的天地

光影的歌聲響

夏日柳枝細長
茫茫夜色螢火亮
擾亂了星光
擾不亂如銀的月光
光影裡　樹是迴廊

嗅著青青的草香
沒有徬徨
也沒有很多的思量
心如頑童般酣暢
汗淋淋　光著上身坦蕩

思緒在流淌
心迎著光芒而上
螢火如星河一樣熙攘

彷彿有聲響

那是光影的歌聲響

人生是一條長路

人生　就是一條路
道路　蜿蜒曲折又漫長

隨著生命的成長
時間在手指上流淌

白天的時光
身影一會兒短
一會兒又被拉得好長
人也一會兒懦弱
一會兒又特別堅強

夜晚的天上
雖然有神秘的星光
有美麗的月亮
心卻一會兒惆悵
一會兒充滿了希望

一會兒憂傷
一會兒又有愛的夢想

人生的路上
常常感覺枯寂空亡
好像有一道無形的牆
圍堵著你心的嚮往
經常迷失方向

雖然徬徨
還是勇敢地吟唱
希望人生路上
搖曳著
美麗天堂的花香
希望有著理想的翅膀
飛向嚮往的天堂

宿 緣

只是相遇時的一眼

你美麗的容顏

就牢記在我的心間

不知道是不是愛戀

是不是前世的緣

還是自己心的缺憾

需要這樣的人選

還是因為真的有情緣

不然

為什麼你的雙眼

是那樣的熟悉

好像早已經在心間

期待著能再見面

絕不是輕輕的雲煙

只是飄過眼簾

而是進入了我的心裡面

念頭不斷地糾纏

難道是宿緣

從此 思念

撥動著浪漫的琴弦

把愛戀

演奏成美妙的小夜曲

迴響在心想的夜晚

再也沒有了悠閒

我為什麼會失眠

你在哪裡

你在哪裡
可知我在想你
望著窗外的秋雨
我在窗前一直佇立

默默無語
身體有點僵直
眼前沒有你的影子
忘了我們已經分離

雨下得淒淒瀝瀝
枯黃的葉子
片片地落滿地
今世的緣份已逝

你走的時候　曾哭泣

我注視著你遠離

不見你回眸

知道這是緣盡時

你在哪裡

外面的風雨

是否傷害地把你淋濕

我的心裡時空迷離

吻……

奮不顧身的吻
那是紅塵裡的浮沈
相愛的人
那是情感的緣份
心的相認
那是前世的淚痕

愛的執著太深
才會塵世裡沈淪
一切都是心
把夢當真
關起六道的大門
在執著的海裡翻滾

夢醒時分

皆因菩薩的吻

覺醒了的心

看到了朝陽早晨

緣份的相認

那是天堂的情真

無苦眷屬的緣份

床

死亡
是沒有夢的床

妄想
換了一個新的床

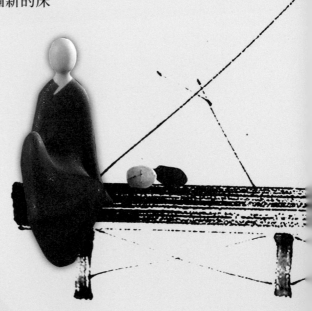

行者

心經　金剛經

拜讀過後

和心畫了等號

一念真誠

靜心思維

心是諸法空相

眼睛是紅塵滾滾

隨緣安心

夢 想

白天
金錢　美女　名利
是每個人的夢想

夜晚
黑暗　星星　月亮
是業力的隨想

六道
妄念　執著　無明
是習氣的模樣
輪轉的煩惱夢想

鏡子

鏡子裡

看到了我的臉

看到了炯炯有神的眼

我做什麼表情

鏡子都會如實表現

不知我的心思

是否也能反照呈現

妄心是風

我是風
　　吹拂著你
　　　　讓你的頭髮亂了
　　　　　　你的裙擺飄搖
你的心動了
　　鮮花在喜悅地開
　　　　流雲在歡喜地飄
　　　　還有一絲的青絲
　　　　　　被風扯著滿天飛跑
我用真誠的心
　　表達了無盡的情意
　　留下了抒情的故事
　　　　卻好像不著
　　　　　　有形的有情痕跡
　　　　　　　　只是演奏了一首歌謠

無盡的天空啊

我願是

日月星辰

演化的神奇的風

吹起了塵

吹走了雲

吹了南北

吹了東西

吹動著樹兒搖

更吹起

她的秀髮飄馨　飄搖

惆悵的妄想

漫過了心堤的惆悵
全都是淚滴的貯藏
妄想的翅膀
飛過了情緒的心房

情無所依的徬徨
猶如夜色大雨的模樣
不知怎樣收拾
快要窒息的心臟

淚水有千行
更加模糊了臉龐
難過的懦弱　躲進心房
看不清這是心的妄想

流淚

夏天的冰塊會流淚

淚水流完了

自己也就消失了

情愛的眼淚

如果流沒有了

愛情也就沒有了

雨 天

春雨綿綿
來了柔情的愛戀
到處都是春花
還有
你的馨香在暗

夏雨來了
猶如熱戀的糾纏
天天想見面
樣子
進入了跳動的心間

秋雨濛濛
有些蕭瑟的涼寒
以前的戀人
已經不在雙眼

只是
枯黃的落葉在眼簾

冬天寒冷的天
皚皚白雪
非常的刺眼
感覺世界非常冰寒
哀悼
已經逝去的愛戀

老人看著雪天
看著四季的變遷
輪迴地輪轉
知道
如此這般
是生命的生滅示現

承諾在時光裡

承諾在時光裡
穿梭到今世
情緣的手相牽
跨過了時空的天河
走過了萬里

內心深處的相思
心　雖然跨越了
時空的世紀
還記得你的樣子
尋找你在哪裡

兩心相知相依

意識裡一直惦記

那是心的歡喜

那是花季的潤雨

天邊的那朵雲

遙望著它的距離

是否走近這裡

是否有相思的淚滴

沈 醉

春季的腳步匆匆

溫暖的心情濃

雖然是短暫的夢

但是那情感的行蹤

畫了一道彩虹

春天的早晨向東

讓晨曦灑滿心中

雖然萬事皆空

可是心依然朦朧

沈醉在春季裡的花紅

春 季

站在春天裡

感覺是別人的春季

為何春色

很難進入心裡

鮮花的芬芳

也飄不進夢裡

雖然有風雨

也攪不動

心中那一彎池

雖然都是夢幻如戲

為何不隨著起舞

飄起濛濛細雨

把心淋濕

有一個情絲的春季

水 痕

時光只是一瞬
就到了秋色深沉

承諾一往情深
緣起在晚春
不知道是因為回首
還是暗香襲人
從此　經常耳旁迴響
幽幽的荷塘雨聲
滴滴答答地留下水痕
種子從此生根
有了悠悠的情感怨恩

微風輕拂依依楊柳
經常回憶的圖畫幀幀

心生的一段緣份

從此隨境沈淪

你那河畔的微瞋

是無言的一語成讖

在滾滾的紅塵

一世一世的滅生

心恍惚朦朧　亦幻亦真

往事是一首歌曲

舊了的甜蜜
舊了的溫暖花季
還有已經舊了的美麗

你的足跡
曾經埋在花香裡
我卻沒有勇氣
把它拾起
只是不知　為何
它悄悄地跑到了心裡

一再回憶
那曾經的猶豫
為什麼沒有

隨著春風溫柔的旋律

輕拂那美麗的花雨

說一聲　我愛你

舊了的回憶

也陳舊了雨季

我內心用一份細膩

翻出舊照片

在背面寫下了詩句

耳旁也響起了旋律

往事是一首歌曲

鏡 像

鏡像皆是虛妄

為何還有你的模樣

你是珍藏

還是心境茫茫

為何不能將你相忘

你美麗的臉龐

勾住我妄想的目光

幻化的紅妝

還有隨著風的暗香

只是妄心在虛晃

那也是妄心的夢想

從春綠到秋黃

觀看了無數的黃昏

晚霞和夕陽的景象
是心投射的鏡像

舊友解愁

昔日舊友
相聚聊天飲酒
投機歡喜盡興貪留
綿綿雨聲一宿

夜色依舊
只是風雨不休
沐浴風雨中的小樓
故人相惜解愁

酒盅在手

情意灌滿衣袖

紅塵河裡滄桑行舟

交錯觥籌遊走

幾番春秋

生活需要應酬

千杯暢飲今夜過後

煩惱依然水流

最美好的是真誠

人生妝紅

只為了世間傾城

為了登孤峰

虛耗了光陰浮生

只不過是一場虛幻之夢

卻忙著訂心中之盟

嘴裡的優美歌聲

只是為了相逢

那是心生的業力之風

彈一曲古箏

期盼著能與你同生

相通美好心靈

不要讓心疼

我願意將心供奉

最美好的是那份真誠

不要讓時光久等

坍塌了心建的瑰麗寶亭

沒有了那份心情

一把雨傘

一把雨傘

秋雨下孤單

一人獨行默然

眼神空洞內心茫然

河流的岸邊

是我遊走的公園

小雨的河畔

沒有人影相伴

看看天邊

朦朧一片

轉瞬　恍惚之間

彷彿又回到以前

我們兩手相牽

撐著一把雨傘

生活依然

凡塵人心煩亂

靜靜的河畔

只有雨點

敲打著樹葉片片

那微微的雨點

讓心靜靜地觀看

那無喧囂的自然

雨聲讓人安然

龍王遮天

雨水漫漫不斷

深深地執念

讓淚水涓涓滑落

人兒也離散

從此 獨行在小路

繞著彎彎

獨自撐傘

行走在幽幽的河畔

沒有人陪伴

自然的花樹相伴

讓心多了一份淡然

也多了一份輕嘆

神奇的自然

萬語千言

不如下雨的河畔

喧鬧的人世間

休憩在自然

我體悟著地和天

給予的神意體現

讓心情淡淡

不依戀燈火闌珊

只是淡淡然

內心深處

似乎還有點遺憾

那是心中的黑暗

等待著火焰

等待著鴻雁

有另一番地天

祈禱蒼天

雨水漫漫

撐著一把雨傘

遊走在河畔

遊走在內心的體驗

看著河的兩岸

看著朦朧的天

看著雨點畫出的雨線

撥動著安然的心弦

紅塵滾滾

我坐在河岸

觀看河面

觀看著地和天

還有那濛濛的雨點

一絲微笑上臉

內心的雨傘

那是觀看的慧眼

光的交融

太陽和月亮的光交融

眼睛看不出有什麼不同

模樣都掛在蒼穹

為什麼光彩交匯朦朧

只有相愛的心才懂

那是下午的時候

景色出現在我的瞳孔

不見彩霞豔紅

只見情感的心光相融

非常感嘆的心中

記錄了它們美好的行蹤

輕叩那些離分

輕輕地回首人生
輕叩那些離分
淡淡地猶如浮雲
情淺情深
已經失去了眼神

過去的時分
那是幻滅的空城
濃妝淡抹的緣份
它都會因緣生滅
只是平添許多愛恨

虛幻的一吻
重彩記住一人
在幻城裡的我們

用心畫下了真誠

雕刻了一堆銘文

回憶的美景良辰

情感地翻滾

山水的美麗

就如同我的掌紋

每天看著它

遺憾只是夢幻的青春

只是心中的分寸

淡淡地猶如浮雲一份

風　過去的故事

我和你

　只有以前的電影

像是風兒吹過

　讓我體會了

　　它的存在

　　　和那一道

　　　　彩色的風景

風　你曾經

　飛到了

　　我的心裡

我想和你纏綿

　卻抱不住你的形

　　徒留一絲惆悵

　　　感嘆著覺受暖冷

風　你曾經

　　飛到了

　　　我的心裡

我想把你珍愛

　　卻留不住你的形

　　　徒留一壺烈酒

　　　　飲後的滋味住停

風　你曾經

　　飛到了

　　　我的心裡

如果能夠重來

　　我會和你相惜

　　　用心攝住

　　　　那道彩色的風景

愛求

冷的時候

希望溫暖　相依相守

夢的裡頭

握著你的手

那是美麗的邂逅

沒有理由

為何苦苦地守候

只是為了能夠

把愛的眼神

對著你輕輕地叩

希望知道我的愛求

心間的那邊

在我的心間

你住在心的最那邊

我看不見

比遙遠的星還遙遠

距離已經

模糊了你的容顏

記憶裡的模樣

消失了　看不見臉

如同隔著

太平洋的兩岸

我站在東岸

看不見西岸

心 種子識裡花藏香

不管你是豔麗
　還是醉人的芬芳
更不管
　你是
　　多麼的迷人模樣
我的心
　已經平靜
　已經沒有了
　　水面的情波盪漾
　更沒有了心中
　　醉人的蜜糖

平靜了　就透徹了

看見了

心底的沙子

像是金黃的糖漿

偶爾幾個石頭

彩色地點綴天蒼

我的人生

曾經斑斕

就像經典的

夢幻般的樂章

我的眉眼之間

記錄下

歡樂的朦朧時光

我的臉頰

　永遠印著

　　你雙唇紅色的印章

張開雙臂

　還有你

　　柔軟體溫的形狀

我的心裡

　更有紫藍的

　　薰衣草花香……

　聞一下

　　永遠地回想　回想

因緣而生

　因緣滅

　　種子識裡花藏香

備註：種子識，一切種子識為所有生命最初的根本
識，又稱阿賴耶識、如來藏識。

佛緣今世

兩眼相視　會心一笑　我懂你　你在我的心裡
真情流露　無言表述　難相遇　我在你的愛裡
佛緣今世　因緣前世　要珍惜　佛光在真心裡
悲心大慈　佛師加持　大願力　佛光你我普渡

麻州　秋景中的感嘆

麻州的春天短暫

沒有看清樣子

就已經悄悄地離去

只留下漂亮　豔麗

卻是模糊的影子

麻州的秋天

卻是非常的華麗

到處都是美麗的楓樹

還有朦朧的秋雨

讓人有很多思緒

有很多的情懷要傾訴

雖然寒涼才是秋意

圓滿前的燦爛

高潮過後就是謝幕

畫一個圓圈即是結束

可是　麻州的秋天

為何如此的詩情畫意

讓人心動　陶醉

想訴說萬千的情意

你有什麼樣子的魅力

讓人願意在這裡駐守

願意把生活的情懷

賦予這片瑰麗的天地

綿綿春雨　花草的情絲

浮世繁華的背後

是虛假的和氣

大家追逐著利益

眾心的背離

內心的深處

藏著一份不安的孤寂

直到遇見您

才知道有美麗

世界上有一份珍惜

捧在相愛的人

朝霞般的手心裡

因為愛在心裡

原來　別人的眼睛裡

是自己的心意

別人的雙唇

說得是自己聽懂的話語

猶如綿綿的春雨

是花草的情絲

朦朧寒涼的秋雨

是落葉的秋意

心的期許

你揮揮手離去
眼裡沒有了你的蹤跡
從此　每當下起小雨
就會想起你

因為有了相會
才會有別離
有了美好的愛
才會有愛的消失

難忘的別離
讓我有了回憶
從此有了孤獨的相思
有了熟悉的小路

徘徊在濛濛的細雨
身旁卻沒有你
想請風兒把我的思念
捎到遙遠的天際
把我的心意
變成美麗的期許

花雨灑了整片心地

那張展開的信紙
情詩裡都是你
手裡的那枝筆
翩翩地起舞
只是為了心中的你

舞蹈訴說著話語
訴說著朝夕
訴說著歡喜
也訴說著心雨
帶來的朦朧迷離
痴痴地　還是為你

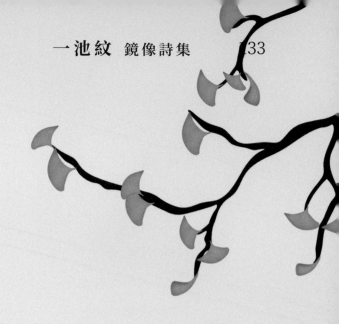

只是那份真切的詩意
是美麗的希冀
也是開心的花雨
把我的心淋濕
花雨灑了整片心地

甘 雨

你的笑語

像是久旱的甘雨

那種感覺

是心的歸依處

好像有靈犀

從此　踏上了歸途

已久的孤寂

經歷了多久別離

塵世的灰沾衣

難以得意

有一段相知傳奇

留跡在天地

將你長相憶

情感心念的雙翅

已飛到了你處

那份明燈般的希冀

塵世裡不熄

永遠在清淨心裡

影 子

故事的主角是你

一念朝夕

一念雲煙百里

只是心念的一筆

全是你的痕跡

為何卻是我的心裡

呈現你的影子

彷彿依稀是你

不期而至

為何心裡的相思

夢幻似的朦朧

像是月亮在夜空裡

月色如洗

迷濛了萬物的影子

風雨讓人落寞

有些不知所措

內心踟躕的我

在風雨裡茫然地過

塵世裡漂泊

隨波錯落

浮華的喧囂

卻讓心變得沈默

生活還是要過

感覺很落寞

不知如何解脫

深情賦予琴弦

深情賦予琴弦
手指撥彈
流水潺潺
楊柳搖擺在河岸

行雲深處蒼然
又雨過花殘
風吹皺了河流水面
弄花了飛過河面的大雁
雁叫劃開了天空的臉

婉轉處輕緩
像輕觸花蕊的
吸食花蜜蜂鳥的喙
觸觸點點

親吻了花的臉

震動的雙翅

將芬芳吹散

不知隨緣飄向哪邊

一曲又山巔

順勢飄落山澗

清澈溪流相伴

纏繞了群山

肺腑之間

情深匯集成了河川

深情感嘆

卻來自高高的山巔

真是好河山

夢追　夢碎

被煩惱包圍
世間人生苦累
不如意的世界裡
好像也有可愛的玫瑰
看上去很美
可是卻充滿了尖刺
還會凋謝枯萎
最後淒涼消失嫵媚

一滴憐惜的眼淚
激起苦澀漣漪的滋味
世間的是是非非
讓人感覺可悲

滄海桑田地變遷

輪轉事物全非

淵源不息如流水

讓人苦痛心碎

希望的夢追

換來夢破的跌墜

花開的時候雖美

必然過後憔悴

不管他是誰

只是像花開花落的玫瑰

無能為力的慚愧

只能希望不要心碎

讓快樂　走進心頭

燕來又飛走

春走又來秋

人生的旅遊

好像轉眼之間

就過了那麼久

很多的事由

走過了眼球

卻沒有走進心頭

煩惱的事情讓人憂愁

還要為信念守候

希望有份溫柔

能夠安撫孤獨等候
能夠跳脫四季的手
不要悄悄地溜走
永恆的快樂
能夠走進心頭

站在秋景的窗口
看著兩岸已紅
靜靜流淌的河流
想劃一葉小舟
隨著水兒漂遊
讓心兒閉上眼眸
不看紛亂的世界
只是輕鬆地靜修

聽心音

前世註定

今世漂泊的命

每當夜深人靜

我靜靜地聽

自己的心音如幽靈

不知何處寄情

喧鬧的紅塵

淡漠了疲憊的心情

心猶如結了冰

只是還有希望的光影

哼一曲歌謠輕輕

悠悠輕盈

隨風飄飄而行

如遙遠的鐘鈴聲

傳給有緣的人聽

此生　知音是否相逢

窗前的月光明

照著眼睛

彷彿看見你的身影

也在把心音聽

只是那聲音有點冷

想對你叮嚀

卻消失了蹤影

只有窗外夜的光景

眼 睛

美麗的眼睛

原來會有美麗的風景

有神秘的星星

有無限的風情

輕輕閉上眼睛

靜靜地用心聆聽

就會知道你的心思

不用看你的面目表情

懂得了反省

有了智慧的眼睛

猶如鏡子反照

世界的一切都會倒映

現在的心情

看到了輪轉的情境

好壞都是有形

它們是相互的身影

心兒如明鏡

清涼了就會清淨

抹去塵埃的眼睛

就會是明亮的透鏡

生命是一本遊記

生命是一本遊記

命運是謎語

有閒時　回首望去

已經是淡化了的記憶

往前看不明白

只好去研究命理

想明白活著的意義

找出生命的真諦

想疼了腦袋

也沒有答案在心裡

敬看佛經的大智慧真理

竟然是清淨　清涼

解脫一切的禪意真諦

一雙筷子

一雙筷子
　是一生二的兩儀
　　陰陽是二　合二為一
　　一生二　二即是一
一雙筷子
　代表著合作
　　才能很好地吃飯
　　才能吃得舒服愜意

在古代
　筷子的標準
　　是長度七寸六分
　　　代表著七情六慾
　　　代表著我們是人
　　　　不是愚痴的動物

我們每天生活在
　七情六慾之中
　　靈魂和肉體合而為一
　　　心隨境轉　業力讓人
　　　　輪轉在六道輪迴裡
如果能在這
　苦海無邊的
　　紅塵中解脫出來
　　　就是覺悟者
　　　　就有著大智慧的定力

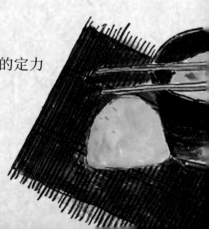

如此說
所謂善用筷子　吃得好飯
善於協調合作　做得好事
明白陰陽和諧　容易做好夫妻
得道智慧覺者　懂得二即是一

七情六慾是人身　七寸六分是筷子
紅塵慾海是污濁　蓮花生在不淨裡
小小筷子是人生　學好做人不容易
覺悟智慧俱自在　天人合一是真理

假如
——人的感嘆

假如人生能夠回頭
重新把握好好地走
心中的珍貴
就不會莫名地丟

假如你能對我接受
我的淚水就不用流
煩惱就會休
可以開心地去雲遊

歲月來了又走

已經沒法回頭

像河水在流

喝一杯寂寥的酒

消除煩愁

只希望那份溫柔

能夠回回首

將幸福的門叩

再也沒有煩憂

人生 執念所苦

八風吹拂
是紅塵的路
忙忙碌碌
是人心執著萬物
娑婆八苦
是執念在妄心深處

世間樂與苦
猶如朝露
本來是虛無
為什麼在心裡面安宿
為什麼要走在迷途

自尋煩惱無數
自討苦吃

名利追逐
輪迴塵世無助

回到清淨的歸宿
慈悲佛陀是心所屬
解脫覺悟
才是真正光明的路

禪者心蹤

天地在心中

山水有霧朦朧

萬千河山磅礴之容

只是心想

原本達地天通

空即是色

色即是空

何處覓伊人行蹤

水月鏡中相容

心念浮動

執著名相分別

心隨夢幻塵紅

懵懵懂懂

身在春夏秋冬

四季輪轉

春綠秋紅

山中禪寺晨起鳴鐘

回眸處

靈山不用登峰

心有靈犀一點通

隨緣安住

心不隨境相之風

清淨　澄清　性空

隱居的屋子

走在風裡雨裡
揚揚眉　把頭仰起
心穿越了雲雨
飛行在藍天裡
下面是如棉的雲層
遮住了我和大地

我在雨裡佇立
看著雲灑落著雨
彷彿看見了
在雲的深處
是我潛藏的心意
是我心的哭泣

穿過了雲雨
是願想的心意
那雲的深處
是心哭泣的現實
這風雨如果是濁酒
就是隱居的屋子

煙雨濛濛　隨心相從

非常美好地相逢
恰逢煙雨濛濛
心也隨著煙雨濛濛
感嘆何物為情

相逢也猶如煙雨濛濛
來也匆匆　去也匆匆
只是緣份的相聚
就像彩霞在天上的美景
只是心動的緣份
並不會有天地的永恆

一段隨心的相從
一段隨心的鮮花美景
一段隨心的心境

天堂的愛

任何事物地展開
錯過了不再
再也回不來
只有無奈
看著天空發呆
人生要明白
要有大愛
把心兒打開
擁抱世界
擁抱未來
就不會只是感慨
茫茫的人海
在大愛的後來
就是天堂的期待

寒涼的感慨

在秋涼的風雨中

感覺心很痛

陰暗的天空

心兒跑得無蹤

沒有愛意的相擁

彷彿進入了寒冬

人海茫茫心兒不同

各自奔走西東

紅塵的世界裡

猶如在叢林中

只是為了利益相爭

缺少慈悲的甘露

沒有世界的大同

祈請佛光照遍天空

再也沒有痛苦的傷痛

風兒帶你來過

風兒帶你來過
又將你帶走
那是命運地作弄
卻教會我灑脫
淡淡地踏過

雨兒帶來你的芬芳朵朵
又把你打落
那是生滅的規律
只是因緣的生活
隨著日月境轉
四季難躲

我想清淨　希望解脫
但願你也解脫

為了你的歡喜

蓮花出污泥
悲心在濁世
金子藏在沙子裡
只待有緣人相識

清潔的詩心
在混濁的塵世裡
像一顆閃亮的鑽石

清雅的花意
寂寞地開　寂寞地落地
那是緣份的美麗
我願意是
路邊的一朵小花

為有緣的人芳香豔麗

只是為了您的歡喜

自己和影子

我在原地

時間依然飛逝

心念也不曾停止

沒有任何靜寂

寫了一首詩

只是為了自己

作者即是

讀者也即是

只是心在夢幻裡

不知誰是影子

誰又是自己

春雨與花紅

春雨乘著暖風

表達了情衷

美麗的花紅

知道春雨的情濃

只是時光匆匆

只有短暫的相逢

心中的一份慌恐

有著愁緒悲痛

春雨卻悠悠地吟誦

只要真誠相擁

有一份珍重

就會永恆在蒼穹

兩顆心會連通

煩惱不肯休

茫茫然地回首
已經淡漠了風流
也淡漠了心憂
無處歸咎
讓涼風灌滿衣袖
心早已消瘦
躲不了塵世的煩愁

人生美好難守
自然地溜走
那曾經的紅豆
激起的心波情皺
生滅難已長久
醇酒也難留
只是思緒不肯休

夢中唱誦

你在我的心中

是原點的色紅

自然地成了富貴牡丹

心裡迴盪著唱誦

讓我動容

因為心在情感翻湧

影子不斷地進入眼瞳

沒有了時空

心緒自己也難懂

看著朦朧

心也會疼痛

好像活在夢中

行者歌

我是一個行者
唱著孤獨行者的歌
本來就是過客
看開了放下
生活要瀟灑著過

禪修佛法不惑
清淨觀察思索
寂靜的禪堂院落
發慈悲大願
天下眾生離苦得樂

朝陽氣勢磅礡
朝霞的紅色
遍灑美麗大地為何

我將此獨酌

好似氣吞山河

轉 經

轉經筒轉了千轉
又轉了萬轉
轉出了一縷香
輕輕地飄上天
菩薩輕輕地感嘆
有善緣　有善緣
佛輕輕地說
覺悟要圓滿

只想把自己的苦斷
只是在佛前
有清淨解脫之念
行者君不見
眾有情的輪轉苦難

請把慈悲刻進心願

色空只是心現

菩提心　才是

菩薩的根本行願

轉經把名相滅斷

十法界是心相

行者　應做如是觀

自然的心島

天已破曉
霧氣還朦朧著湖心島
雲煙柔情地繚繞
湖旁的山腰
幾乎凝滯的空氣
籠罩著清香的草
心情有點醉倒
微醺的心沒有浪潮

遠離了塵囂
靜靜地讓心逍遙
放鬆了心情
沒有情緒浪湧滔滔
希望得閒鋤田種桃
世外桃源的心島

沒有煩惱

不被外緣困擾

不知是道非道

輕輕呢喃說道

窗外風雨能少多少

名利恩怨可拋

心中情意還要

紅塵走一遭

只有此心長嘯

靜心時微笑

看花開花落飛飄

隱世朦朧的心島

人生路途遙

夢幻蒼茫飄渺

湖中島似心島

逃也非逃

也不用遠眺

沒有平凡與英豪

只有湖水清澈碧照

看著山上一溪

涓涓細流自然杳杳

塵世漂浮

人在塵世漂浮

心有點糊塗

害怕迷了路

躲著誘惑的光柱

感覺很無助

只好悄悄地躲避

如同天下起雨

躲在窗後靜靜地注視

壓抑在內心深處

心靈的天空濃雲密佈

希望太陽出現

希望有光明的路

美好的心願

悠悠的時間

悠老了容顏

雖然一切都是雲煙

聚散的因緣

還是帶來了紅紅的眼圈

只是希望不要孤單

寂寞相伴

能在天堂相見

時間的水滴

把石頭滴穿

只是那美好的心願

是否能夠實現

你手的溫暖

美麗的雙眼

不要讓我再為此思念

不再有相思河畔

覺悟的彼岸

就在心的裡面

一瞬間地發願

實際是永恆不變

誓言的蓮花瓣

是功德在天堂的花艷

那是願力地體現

因果的答案

心生　得極樂喜歡

蓮花靜靜地絢爛

一方碑石

醉生夢死一世

竟為前世纏綿相思

情絲織成情痴

殊不知

夢幻朝花夕拾

只是妄想的心思

情執的浪漫

麻木了慧眼視力

尋尋覓覓

追逐泡影的彩飾

妄心一動　發誓

來世的悼詞

已經寫在天書

愛的對視

只是在讀

前世的愛的種子

在瞳孔裡

看著他成長的軌跡

那是一方碑石

記載著又一幕故事

心生的彩蝶

跳躍飛舞

生滅在鏡像的天地

輪轉生生世世

執迷不悟

不休至死

再至生　又至死

老天的眷顧

老天的眷顧
人生有了美麗的你
老天的眷顧
我又離開了你

你是美麗的彩虹
出現在我的天空裡
那是大雨離去
太陽出來
陽光把它畫在天際
也可能太美麗
你應該屬於天氣
沒有多久　就已經消失
我還是獨自在天地

我靜心地思維

我應該屬於空氣

扯不住的衣袖

大海的帆舟
會隨著風兒走
時光飛逝的河流
不會停候

想讓你住在胸口
以解相思愁
不要讓我站在門口
扯住你的衣袖

想將你浸透
自然將你容留
心想　不再有離憂
執著的心求
只是會有多久

像食物入喉

會化成他物走

生滅成灰

是塵世的氣候

卻是不停的鐘漏

一抹微笑

一抹微笑
掛在你美麗的嘴角
從此　有了煎熬
再也忘不了

見過那麼多微笑
都沒有那種味道
竟然心動了
是如此地難以預料
感覺是那樣的美好
為此　好像得了寶
知道了這很重要

緣份不可思議
來了就丟不掉
只是不知
是否能天荒地老

圓 滿

願望的芬芳

心生一縷清香
用真誠飄向四面八方
進入您的生命
進入您的心房
讓我們彼此　結下善緣
在心裡祝福對方

這份真誠的願想
希望為您打開一扇窗
看看不一樣的世界
看看我心中的天堂
讓心中的美好化成翅膀
自在地出去飛翔

希望您快樂好運
多一份消遣的頤養
多一份喜悅的氣象

一切皆是心投射的鏡像
一切隨緣　淨染之相
十法界只是心相
我的心相
是有緣的你
──如意吉祥

鏡像系列詩集

鏡像系列詩集

鏡像系列詩集

鏡 像 系 列 詩 集

鏡像系列詩集

一池紋 鏡像詩集

作者	鏡像
發行人	鏡像
總編輯	妙音
美術編輯	彩色 江海
校對	孫慧覺
網址	www.jingxiangshijie.com
郵箱	contact@jingxiangshijie.com
代理經銷	白象文化事業有限公司
	401台中市東區和平街228巷44號
	電話：(04)2220-8589
印刷	群鋒企業有限公司
出版日期	2019年10月　　　初版
ISBN	978-1-951338-78-7　　平裝

定價　　　NT$520